AF357394

COLLECTION
D'OBJETS DE LA PERSE

RÉCEMMENT APPORTÉE EN FRANCE

PAR M. MÉCHIN

VENTE

HOTEL DROUOT, SALLE N° 1

AU PREMIER ÉTAGE

Les Mercredi 31 Janvier et Jeudi 1er Février 1866

A DEUX HEURES PRÉCISES

EXPOSITION PUBLIQUE

LE MARDI 30 JANVIER 1866, DE 1 A 5 HEURES

COMMISSAIRE-PRISEUR	EXPERTS
Me BOUSSATON	MM. MANNHEIM
7, rue Le Peletier.	10, rue de la Paix.

IMPRIMERIE J. CLAYE
RUE SAINT-BENOIT 7
LABOR
PARIS

CATALOGUE

D'UNE BELLE ET NOMBREUSE COLLECTION

D'OBJETS DE LA PERSE

ARMES ET PIÈCES D'ARMURES

BRONZES, FAIENCES

TAPIS ET ÉTOFFES

RÉCEMMENT APPORTÉS EN FRANCE

PAR M. MÉCHIN

ET DONT LA VENTE PUBLIQUE AURA LIEU

HOTEL DROUOT, SALLE N° 1

AU PREMIER ÉTAGE

Les Mercredi 31 Janvier et Jeudi 1er Février 1866

A DEUX HEURES PRÉCISES

PAR LE MINISTÈRE DE **M° BOUSSATON**, COMMISSAIRE-PRISEUR

RUE LE PELETIER, 7

ASSISTÉ DE **MM. MANNHEIM**, EXPERTS

10, rue de la Paix.

EXPOSITION PUBLIQUE

LE MARDI 30 JANVIER 1866, DE 1 A 5 HEURES

AU COMPTANT

Les adjudicataires paieront 5 % en sus des enchères.

AVERTISSEMENT

Parmi les objets catalogués sous les numéros 141 et suivants figurent des vases et pièces diverses en matière blanche. friable et transparente. tenant de la porcelaine et de la faïence, que les Persans appellent terre de Boukhara, nom de la capitale de la Boukharie.

Ces faïences, imitées de la Chine, paraissent être des essais pour arriver à la fabrication de la porcelaine.

Ne conviendrait-il pas de franciser le mot et de nommer ces faïences Boukharines, pour les distinguer des autres ?

Les Persans qui, de tout temps, ont été de très-bons imitateurs. ont dû commencer à fabriquer ces sortes de faïences, provenant de Chiras, Ispahan, Naïn, Nathens, vers les XIII° et XIV° siècles de notre ère, à la suite des grandes invasions des Tartares, sous les règnes de Dgengis-Khan et de Tamerlan; ce qui justifie cette dénomination de terre de Boukhara.

Les faïences n'ont toujours été considérées chez les Persans. peuple essentiellement nomade, que comme des objets de curiosité : les plats, plateaux, aiguières, bols, etc., étant généralement en cuivre ou en bronze.

Quant aux plats et autres pièces. vendus jusqu'à ce jour comme faïences de Perse, il m'a été impossible d'en trouver dans les villes et les villages que j'ai visités. — Itinéraire : Tebris, Zindjean, Sultanieh. Kasbin, Recht, Téhéran, Ask, Afché, Damavend, l'ancienne ville de Rhéï, Koum, Kachan, Firouskou, Sauw, Nathens, Ispahan, Djoulfa. Goumiché, Naïn, etc., etc.

Il m'a, du reste, été assuré que ces faïences provenaient de l'île de Rhodes.

MÉCHIN.

DÉSIGNATION DES OBJETS

ARMES.

1. — Très-belle rondache en damas, à quatre bossettes et croissant saillants; entièrement couverte d'arabesques, de fleurs et d'inscriptions damasquinées en or. Cette pièce, d'une grande richesse de décor, est doublée en velours rouge et accompagnée de sa housse en maroquin rouge. Diamètre, 38 cent.

2. — Autre belle rondache en damas, à quatre bossettes saillantes et à large frise damasquinée en or, représentant des sujets de chasse, des fleurs, des ornements et des inscriptions. Housse en maroquin rouge. Diamètre, 40 cent.

3. — Belle rondache en damas, analogue à celle qui précède, mais plus petite. Sa frise se compose d'animaux, d'ornements et d'inscriptions. Housse en maroquin rouge. Diamètre 36 cent.

4. — Grande et très-belle rondache en damas, à quatre bossettes saillantes et à triple frise et rosace damasquinées en or; les frises représentent des sujets de chasse, des ornements et des inscriptions d'une grande richesse. Housse en maroquin rouge. Diamètre, 47 cent.

5. — Beau casque en damas, entièrement couvert d'arabesques, d'inscriptions et de fleurs damasquinées en or. Il est garni de deux porte-aigrettes, et sa maille dentelée est formée d'anneaux en fer et en cuivre formant dessins.

6. — Autre beau casque en damas, garni, comme celui qui précède, de deux aigrettes et d'une maille dentelée. Il est enrichi d'ornements et d'inscriptions damasquinés en or.

7. — Brassard en damas, entièrement couvert de riches arabesques damasquinées en or, et accompagné de son gantelet en mailles.

8. — Brassard analogue à celui qui précède, mais moins riche.

9. — Chemise de mailles rivées, à collet dentelé et maillons en cuivre formant dessins.

10. — Chemise de mailles rivées à collet en velours rouge.

11. — Rondache en cuir à ornements et fleurs en relief, peints et dorés sur fonds bleu, vert et blanc, et enrichie de quatre bossettes en damas, damasquinées en or. Diamètre, 46 cent.

12. — Grande rondache en peau de rhinocéros, enrichie d'ornements dorés et de quatre rosaces saillantes en cuivre. Diamètre, 46 cent.

13-14. — Deux rondaches analogues à celle qui précède, mais plus petites. Diamètre, 41 cent.

15. — Autre rondache en peau de rhinocéros, analogue à celle qui précède, mais plus petite. Diamètre, 37 cent.

16. — Sabre à lame courbe en damas évidé; poignée et gar-

niture du fourreau en fer doré, à figures, oiseaux et fleurs gravées. Fourreau en velours rouge.

17. — Sabre analogue à celui qui précède, mais plus petit.

18. — Sabre à lame courbe en damas, à inscriptions damasquinées en or. Fourreau en velours rouge. Poignée et garniture du fourreau en fer doré à figures, ornements et fleurs gravés.

19. — Sabre à lame courbe évidée en damas, à inscriptions damasquinées en or, et enrichie de fleurs et animaux gravés. Fourreau en velours rouge. Poignée et garniture du fourreau en damas, à fleurs et ornements damasquinés en argent.

20-21. — Deux sabres à lame droite et à double tranchant en damas, à inscriptions damasquinées en or et à serpents en relief. Fourreau en velours rouge; poignée et garniture en fer, à figures, oiseaux et fleurs gravés et dorés. Ils seront vendus séparément.

22. — Sabre analogue à ceux qui précèdent; la lame a une arête en relief.

23. — Sabre à lame droite et à double tranchant, en damas. à arêtes en relief et à fleurs et animaux gravés. Fourreau en velours rouge; poignée et garniture du fourreau en fer à fleurs et ornements damasquinés.

24. — Sabre à peu près pareil à celui qui précède.

25. — Sabre à lame droite et à double tranchant, en damas, à inscriptions damasquinées en or et à serpents en creux. Fourreau en velours rouge. Poignée et gar-

nitures en fer à arabesques richement damasquinées en argent.

26. — Yatagan à lame évidée en damas, à fleurs gravées; poignée et fourreau en acier ciselé, à fleurs, oiseaux et bustes en relief, dorés sur fond bleu.

27. — Couteau de Hérat, à lame évidée en damas, à ornements damasquinés en or. Poignée en ivoire, garnie en damas, damasquiné en or. Fourreau en cuir gaufré.

28. — Autre couteau de Hérat, à lame évidée en damas et poignée en corne garnie en cuivre.

29. — Kama, ou sabre à lame droite évidée en damas; poignée en morse et buffle. Fourreau garni en argent repoussé, à fleurs et oiseaux.

30. — Sabre à peu près semblable. Sa poignée est en ivoire teint en vert.

31. — Sabre à lame droite, à double tranchant en damas et inscriptions en relief. Poignée en buffle et fourreau en cuir.

32. — Hache d'armes en damas damasquiné en or et à fleurs ciselées en relief. Le manche, en fer damasquiné d'argent, renferme un poignard.

33. — Hache d'armes, analogue à celle qui précède, mais plus petite.

34. — Hache d'armes, à fleurs, oiseaux et bustes en relief et dorés sur fond bleu.

35-37. — Trois fers de lance, à lames doubles flamboyantes damasquinées en or, et à douilles à facettes damasquinées de même. Ils seront vendus séparément.

38. — Fer de lance analogue à ceux qui précèdent. La douille est en damas uni.

39-40. — Deux fers de lances en damas, à douilles damasquinées en or, l'une d'elles est enrichie de godrons tors.

41-44. — Cinq fers de lance en damas, à douilles ornées de fleurs et de serpents en relief, dorés sur fond bleui. Ils seront vendus séparément.

45. — Masse d'armes , à ailerons en fer damasquiné d'argent.

46. — Khandjar ou poignard, à lame courbe évidée, en damas, à arabesques réservées sur fond damasquiné en or. Très-belle poignée en ivoire sculpté, présentant sur une de ses faces la figure en pied d'un souverain de la Perse, et décorée dans toutes ses autres parties d'inscriptions et de fleurs en relief de la plus grande finesse. Fourreau en velours rouge, garni en argent.

47. — Autre khandjar, à lame courbe, en damas, et poignée en ivoire, à figures et inscriptions sculptées en relief. Fourreau en chagrin blanc, garni en cuivre repoussé et accompagné de son petit couteau. Cette pièce offre cette particularité, que certaines des figures qui ornent sa poignée sont des figures d'anges.

48-52. — Cinq khandjars à lames courbes en damas, poignées en ivoire sculpté et fourreaux en cuir. Ils seront vendus séparément.

53-54. — Deux autres khandjars, analogues à ceux qui pré-

cèdent. Leurs poignées sont unies et le fourreau de
l'un d'eux est garni en argent.

55. — Khandjar à lame courbe et poignée en damas à inscriptions gravées en relief et ornements damasquinés en or. Fourreau en velours rouge, garni en argent.

56. — Khandjar à lame courbe en damas; poignée et fourreau en fer, à fleurs et animaux damasquinés en argent sur fond bleu.

57. — Khandjar à lame courbe en damas, à fleurs damasquinées en or; poignée en étain, enrichie de plaques incrustées en fer, gravé et damasquiné en or. Fourreau en velours rouge.

58-61. — Quatre khandjars à lames courbes en damas; poignées et fourreaux à figures, bustes et fleurs gravés et dorés sur fond bleu. Ils seront vendus séparément.

62. — Khandjar à lame courbe en damas évidé et gravé; poignée en damas à ornements et inscriptions damasquinés en or.

63. — Khandjar à lame courbe en damas, et poignée en damas, damasquinée en or.

64. — Poignard kurde, à lame courbe en damas, et poignée en buffle.

65. — Poignard à lame courbe en damas; poignée en jade vert foncé à cannelures; fourreau garni en argent repoussé.

66. — Poignard à lame double contournée; poignée en fer, recouverte d'une plaque de cuivre gravé.

67. — Petit poignard à lame courbe en damas. Poignée et

fourreau en fer gravé à fleurs et oiseaux dorés sur fond bleu.

68. — Couteau à lame en damas à ornements gravés, poignée en morse et fourreau en cuir gaufré à ornements.

69. — Couteau à lame en damas à inscriptions gravées en relief ; poignée en morse, montée en damas richement ciselé et damasquiné en or à ornements et inscriptions.

70-74. — Cinq couteaux à lames en damas ciselé en relief, dont une damasquinée en or. Trois d'entre eux ont leurs poignées en morse ; un autre a une poignée en damas, et le dernier en buffle. Ils seront vendus séparément.

75. — Amorçoir en racine de bois garni d'ornements, de fleurs et d'oiseaux en cuivre, gravé et découpé à jour. Pièce curieuse.

76. — Amorçoir en ivoire, teint en vert d'un très-joli ton, monté en cuivre avec anneaux en argent.

BRONZES.

77-84. — Huit vases en bronze, en forme de bols, à figures, inscriptions, ornements et fleurs très-finement gravés ; quatre d'entre eux sont enrichis d'incrustations en argent. Ils seront vendus séparément.

85-87. — Trois vases de forme surbaissée et à une anse mobile en bronze, à ornements et animaux gravés en relief. Ils seront vendus séparément.

88-89. — Deux grands vases, en forme de bols, en cuivre
étamé à ornements et inscriptions gravés. Ils seront vendus séparément.

90-96. — Sept vases de diverses dimensions, en forme de
coupes sur piédouches très-bas, en cuivre étamé,
gravé à figures, cavaliers, animaux, ornements et
inscriptions. Ils seront vendus séparément.

97. — Petit vase en cuivre, à godrons repoussés, gravés à
ornements. Son bord droit est émaillé à froid.

98. — Deux aiguières en cuivre jaune, à fleurs et ornements
gravés.

99. — Aiguière en cuivre jaune, à fleurs, animaux et ornements gravés.

100. — Aiguière et son bassin en cuivre jaune; son plateau-
support est découpé à jour.

101. — Deux brûle-parfums en bronze, à ornements gravés;
ils ont la forme de pigeons et sont montés sur des
piédouches à ornements découpés à jour.

102. — Cassette de forme carré long, en cuivre jaune, dont
toutes les faces sont enrichies d'ornements, de
figures et d'animaux gravés.

103. — Deux poissons en bronze, destinés à être suspendus.

104. — Bassin rond en bronze, entièrement couvert, à l'inté-
rieur, de figures, de fleurs et d'animaux gravés.

105-106. — Deux bassins, dont un à couvercle en cuivre
gravé, à fleurs et animaux, et enrichis d'incrustations en argent.

107. — Boîte de forme ronde, en cuivre étamé, dont le pour-
tour et le couvercle bombé sont composés d'ornements découpés à jour.

108. — Corbeille de derviche ovale, en cuivre gravé à fleurs et animaux, et à anse formée d'une chaîne.

109. — Vase en cuivre, de forme ronde, sur piédouche très-élevé, à double nœud, découpé à jour et à ornements gravés.

110-118. — Dix flambeaux porte-lampes en bronze, de forme droite, enrichis d'ornements et d'animaux gravés. Deux d'entre eux sont rehaussés de parties émaillées à froid. Ils seront vendus séparément.

119. — Flambeau reposant sur un piédouche élevé avec large plateau en cuivre gravé, à fleurs et animaux.

120. — Lampe de forme analogue au flambeau qui précède.

121. — Brasero de forme octogone en bronze, à ornements appliqués en relief.

122. — Deux carafes de kalian en bronze, à fleurs et ornements gravés.

123. — Carafe de kalian en étain incrusté d'argent.

124. — Deux pièces : Petit vase à fleurs et bouteille de kalian en cuivre gravé. La bouteille est étamée.

125. — Deux petits vases à anses, en forme de balustre, à goulot allongé, en étain incrusté d'ornements, de fleurs et d'oiseaux en cuivre rouge.

126-127. — Trois bols en bronze gravé à figures, fleurs et animaux étamés.

128. — Deux coupes, une plaque et diverses pièces en bronze, destinées à dire la bonne aventure.

129. — Deux bols à couvercles en étain, incrusté d'ornements en cuivre rouge. L'un d'eux a une soucoupe.

130. — Six petits vases de diverses formes en cuivre, gravé
et étamé.

131. — Deux pièces : Vase de forme sphérique, à côtes et
goulot festonné en bronze uni, et petite coupe ronde
à ornements gravés.

132. — Quatre plateaux en cuivre gravé, dont deux découpés
à jour.

133. — Douze porte-tasses de diverses dimensions en cuivre
gravé.

134. — Trois petits éléphants, un lion et un oiseau en bronze.

135. — Huit pièces diverses en cuivre gravé, provenant de
kalians. Deux pièces sont enrichies de turquoises.

136. — Kalian avec carafe en forme de poire en cuivre et parties en bois sculpté.

137. — Petite cuiller et boîte à miroir en cuivre gravé.

138. — Trois pièces : Paire de mouchettes en damas et deux
petites pincettes en fer, à ornements découpés à jour.

139. — Trente-deux portraits d'hommes et de femmes, peints
sur émail. Ils seront vendus par lots.

140. — Grand miroir métallique de forme ronde, enrichi sur
une de ses faces d'ornements et de caractères en
relief. Travail chinois.

TERRES DE BOUKHARA OU BOUKHARINES [1].

141-143. — Sept plaques anciennes de revêtement de mos-
quée de forme carré-long en hauteur, offrant chacune le portrait équestre de Schah Abbas II, roi de
Perse (né en l'an 1060 de l'hégire), en relief.

---

[1] Voir au commencement la note de M. Méchin.

décoré d'émaux de couleurs sur un fond bleu, rehaussé de branches de fleurs. Elles seront vendues par deux ou séparément.

144. — Jolie petite aiguière à anse et goulot en faïence émaillée bleu turquoise, et décorée de fleurs et d'ornements en noir.

145. — Trois flacons de forme carrée contournée, en faïence émaillée vert uni, et offrant sur chacune de leurs faces des figures, des fleurs et des ornements en relief.

146. — Deux flacons de même forme que ceux qui précèdent, mais plus petits. Ils sont décorés d'animaux et de figures en relief et émaillés vert clair. Ces deux pièces, dont les décors en relief sont de style chinois, nous semblent être des essais de fabrication de porcelaine persane.

147. — Deux flacons de forme carrée aplatie, en faïence émaillée bleu uni, à ornements gaufrés en relief.

148. — Vase en forme de gourde aplatie, décoré d'oiseaux et de fleurs dans le style chinois, en camaïeu vert, sur fond blanc.

149. — Joli vase en forme de balustre à goulot allongé, fond bleu de Perse d'un très-beau ton, et décoré d'ornements émaillés bleu clair.

150. — Très-jolie gourde à panse aplatie, à décor de style chinois en camaïeu bleu à fleurs, animaux et ornements sur fond blanc.

151-154. — Dix petits vases en forme de bouteille, à décor en camaïeu bleu, de style chinois.

155. — Éléphant sur plateau de forme contournée, à décor en camaïeu bleu, dans le style chinois.

156. — Bol et soucoupe en faïence blanche, à décor en camaïeu bleu de style chinois. Les bords du bol sont
ornés de rosaces découpées à jour, recouvertes seu-
lement par une couche d'émail translucide.

157. — Deux pièces : Aiguière en faïence émaillée violet
uni, à couvercle et goulot en cuivre, et bouteille
émaillée noir uni.

158. — Théière en forme de poire, dans laquelle le liquide se
verse par l'extrémité supérieure de l'anse. Elle est
décorée en camaïeu bleu à sujets chinois.

159. — Vase à eau, en faïence blanche, à décor en camaïeu
bleu.

160. — Trois crachoirs, à décor de style chinois, en camaïeu
bleu.

161. — Deux vases à anses et à goulots très-courts, à décor
de style chinois, en camaïeu bleu.

162. — Petit flacon à odeurs, en forme de lanterne à grilles
et dôme découpés à jour et entre-deux formant
niches. Il est décoré en camaïeu bleu.

163. — Trois bouteilles de kalian, de forme et de décor chinois, en camaïeu bleu.

164. — Deux porte-fleurs, à décor de style chinois, en camaïeu bleu.

165. — Deux autres porte-fleurs ; l'un d'eux est émaillé en
vert olive jaspé.

166. — Deux petits flacons en forme de poire aplatie et à
côtes, à décor en camaïeu bleu.

167. — Deux flacons carrés, décorés en camaïeu bleu ; l'un
d'eux présente deux figures debout.

168. — Petit vase, forme balustre, en faïence émaillée bleu marbré.

169. — Trois grands bols en faïence blanche, à décor de style chinois, en camaïeu bleu. Ils seront vendus séparément.

170. — Deux plats ronds en faïence blanche, à décor de style chinois, en camaïeu bleu. Belle qualité.

171. — Quatre grands plats, analogues à ceux qui précèdent.

172. — Trois compotiers, décorés de même.

173-174. — Quatre vases en forme de coupe sur piédouche, décorés de fleurs et d'ornements émaillés en couleurs. Ils seront vendus par deux.

175-182. — Seize gros vases de forme ovoïde, décorés de fleurs et d'ornements émaillés en couleurs. Ils seront vendus par deux.

183-188. — Vingt-quatre vases de diverses formes et de décors variés. Ils seront vendus par lots.

189-193. — Vingt bols de diverses dimensions et de décors variés. Ils seront vendus par lots.

194. — Quatre plats de diverses dimensions et de décors variés.

195. — Aiguière en faïence, à décor en camaïeu bleu, montée en cuivre gravé.

196. — Kalian en faïence, monté en argent avec parties émaillées sur cuivre et accompagné de son tuyau.

197. — Autre kalian en faïence décorée en couleur, monté en cuivre gravé, avec tête en argent, et parties émaillées sur cuivre.

198. — Autre kalian, analogue à celui qui précède.

199. — Environ dix vases en faïence décorée en couleurs,
qui seront vendus par lots.

TAPIS ET ÉTOFFES.

200. — Grand tapis d'Ispahan en drap rouge, brodé en
soies de couleurs, à fleurs et ornements.
201-204. — Quatre tapis kurdes en laine, à dessins variés.
Ils seront vendus séparément.
205-210. — Six tapis genre cachemire, variés de dessins. Ils
seront vendus séparément.
211. — Deux grands stores persans, avec figures et fleurs
peintes.
212. — Deux pièces termé-numa (étoffes de Yesd pour robes).
213-214. — Deux manteaux persans; l'un d'eux est brodé
en soie et l'autre en fin.
215-225. — Quatorze coupons pour meubles et pour robes en
étoffe de soie et coton.

OBJETS VARIÉS.

226. — Deux boîtes persanes; l'une d'elles en bois sculpté à
animaux et ornements découpés à jour, et l'autre
en marqueterie.
227. — Deux petites aiguières en verre à anses et goulots.
Travail persan.
228. — Quatre chimères en ancien blanc de Chine, dont deux
grandes et deux petites.